LE RETOUR DE TENDRESSE,

COMÉDIE.

SCÈNE PREMIERE.

ROSE, *seule.*

ARIETTE.

QU'EST devenu l'Amant que j'aime?
Colin, Colin, qui peut te retenir?
Pour adoucir ma peine extrême,
Hâte-toi donc de revenir.

Quand je languis d'impatience,
Qui peut donc causer sa froideur?
Dieux! si c'étoit son inconstance!...
N'est-ce pas assez de l'absence
Pour tourmenter mon tendre cœur?

Qu'est devenu l'Amant que j'aime ?
Colin, Colin, qui peut te retenir ?
Pour adoucir ma peine extrême,
Hâte-toi donc de revenir.

SCÈNE II.

ROSE, COLIN.

COLIN.

Me voilà, dissipe tes craintes.

ROSE.

Tu le vois, je pensois à toi,
Et ton absence étoit le sujet de mes plaintes;
Mais d'où viens-tu donc ? Et pourquoi
Depuis deux jours....

COLIN.

Eh ! mais, ton pere
Ne m'a-t-il pas défendu sa maison ?
Pour tâcher cependant d'adoucir sa colere,
Et lui faire entendre raison,
J'ai vu notre Bailli...

ROSE.

C'est bien fait.

LE RETOUR DE TENDRESSE,

COMÉDIE

EN UN ACTE ET EN VERS,

MÊLÉE D'ARIETTES;

Représentée pour la premiere fois sur le Théâtre des Comédiens Italiens Ordinaires du Roi, le Samedi premier Octobre 1774.

La Musique est de M. MEREAU.

Le prix est de 24 sols.

A PARIS,

Chez la Veuve DUCHESNE, Libraire, rue Saint-Jacques, au-dessous de la Fontaine Saint-Benoît, au Temple du Goût.

M. DCC. LXXIV.

Avec Approbation & Privilége du Roi.

ACTEURS.

LUCAS, Vigneron.	*M. Nainville.*
PERRETTE, sa Femme.	*Mad. Bérard.*
ROSE, leur Fille.	*Mad. Billioni.*
COLIN, Amoureux de Rose.	*M. Julien.*
BABET, Nièce de Perrette.	*Mlle Beaupré.*
LE BAILLI.	*M. Trial.*

La Scène est dans un Village.

Nota. Cette Piece est imitée de la RÉCONCILIATION VILLAGEOISE, Comédie en Prose & en Ariettes, mise au Théâtre par M. *Poinsinet*, au mois de Juillet 1765. On en a conservé l'intrigue & quelques détails qui ont paru faire plaisir dans le tems.

COLIN.

Oui, j'espere.
Il s'intéresse à nous ; il protege nos feux :
Par ses soins nous serons heureux.

ROSE.

Ah ! s'il ne tenoit qu'à ma mere !

COLIN.

Je le sçais, ta mere est pour nous :
Mais son secours est peu de chose.
L'inimitié qui regne entre ces deux Epoux
Fait qu'aux desirs de l'un toujours l'autre s'oppose.
Jamais, jamais sont-ils d'accord ?

ROSE.

Hélas !

COLIN.

Toujours des disputes nouvelles.

ROSE.

Sur tout.

COLIN.

Des cris & des querelles ;
C'est à qui chaque jour s'emportera plus fort.

ROSE.

Et tu crois le Bailli capable
De vaincre cet obstacle ?

COLIN.

Il me l'a bien promis.

ROSE.

Voudront-ils ſuivre ſes avis ?

COLIN.

S'il trouve, m'a-t-il dit, un moment favorable,
Il en profitera.

ROSE.

Je n'oſe l'eſpérer.
Je vois le ſort qui nous menace:
De notre amour, Colin, je prévois la diſgrace,
Et rien ne peut me raſſurer.

COLIN.

ARIETTE.

L'eſpérance a tant de charmes ;
Livrons-nous à ſes douceurs;
Et, par de vaines allarmes,
Ceſſons de troubler nos cœurs.

Je t'aime d'amour extrême ;
Et d'avance je jouis
Du bonheur qui m'eſt promis.
Ah! ſi tu m'aimois de même,
Tu ne verrois que les biens
Que promettent nos liens !

L'eſpérance a tant de charmes !
Livrons-nous à ſes douceurs ;
Et, par de vaines allarmes,
Ceſſons de troubler nos cœurs.

SCÈNE III.

ROSE, COLIN, BABET.

BABET, *accourant.*

BONNE nouvelle, mes amis.

ROSE & COLIN.

Quoi donc, quoi donc ?

BABET.

Chere Cousine ;
Tout ira bien pour vous ; c'est moi qui vous le dis.

COLIN.

Qu'est-il donc arrivé ?

BABET.

Vous en serez surpris.

ROSE.

Parle donc.

BABET.

Devinez.

COLIN.

Que veux-tu qu'on devine ?

BABET.

ARIETTE.

Entre Perrette & Lucas.....
Ah ! j'en ſuis encore émue :
Entre Perrette & Lucas,
Plus de bruit, plus de tracas :
Enfin la paix eſt conclue ;
Ils n'auront plus de débats.

COLIN & ROSE.

Que nous dis-tu ?

BABET.

Ce que j'ai vu.
Entre Perrette & Lucas,
Plus de bruit, plus de débats.
Je les ai vus de mes yeux ;
Ils s'embraſſoient tous les deux.
Lucas diſoit à Perrette :
« Oui, morgué ! la paix eſt faite.
» Entre nous deux plus de train.
» J'y conſens, mets là ta main ;
» Tope, ma petite femme.
» J't'aime de toute mon ame.....
» J't'aime auſſi,
» Mon cher mari.
» La paix dans notre ménage ;
» C'eſt un ſi doux avantage !
» Eſt-il un plus beau tréſor ?....
» T'as raiſon, j'en ſuis d'accord.
Et puis d's'embraſſer encor.

COLIN & ROSE.

Que nous dis-tu ?

BABET.

Ce que j'ai vu.
Ah ! j'en ſuis encore émue.
Entre Perrette & Lucas
Plus de bruit, plus de tracas.

ROSE.

Eſt-il poſſible ?

COLIN.

Enfin nous allons être unis.

BABET.

Ils ont envoyé vîte, vîte,
Chez Monſieur le Bailli.......

COLIN.

Bon.

ROSE.

Fort bien.

BABET.

Quoi ?

COLIN.

Pourſuis.

BABET.

Lui dire comme ça de venir tout de ſuite.

ROSE.

A merveille.

COLIN.

Je ſuis au fait.

BABET.

Oh! j'y ſuis bien auſſi.

COLIN.

Tu ſais donc quelque choſe ?

BABET.

Ils ne me l'ont pas dit, mais je ſais le ſecret;
C'eſt qu'à vous marier bientôt on ſe diſpoſe.

COLIN.

Je le crois.

ROSE.

Je le crois.

BABET.

J'en ſuis bien-aiſe auſſi.

ROSE.

Pourquoi ?

BABET.

Quand vous ſerez pourvue,
Des galans, à mon tour, je fixerai la vue;
Je ne tarderai guere à trouver un mari.

COLIN.

Vous le méritez bien.

BABET.

Mais mon Oncle s'avance;

ROSE.

Ma mere est avec lui.

COLIN.

Qu'ils ont l'air satisfaits!

ROSE.

S'ils pouvoient être ainsi toujours d'intelligence!

SCÈNE IV.

ROSE, BABET, COLIN, LUCAS, PERRETTE.

LUCAS *à sa femme, sans voir les autres.*

TIENS, ma femme, entre nous, n'ayons plus de procès;
Ça nous fait du tort dans le monde.

PERRETTE.

Je le crois bien: si tu savois
Ce qu'on dit par-tout à la ronde....
Hier encor la vieille Macé,
(C'est une langue de Vipere,)
Du plus loin qu'ell'me voit: *dites donc, ma Commere,*
Votre Ours est-il apprivoisé?

LUCAS.

Votre Ours! votre Ours! Ah! la vieille sorciere!

Et moi Dimanche, au Cabaret,
J'étois tranquille avec Guillaume;
V'là Mathurin & puis Jérôme,
Et ce gausseux de Colinet;
Ils entrent, & sur notre compte,
J'les entends tous trois jaboter:
Ç'pauvre Lucas, il se laisse traiter
Comme un nigaud, fi! ça fait honte.
Il n'a pas d'cœur. Dans ma maison,
Si j'avois femme de la sorte,
Par la ventregué!... Tais-toi donc;
Il tremble devant elle, &, s'il haussoit le ton,
Elle est femme, morguenne! à la mettre à la porte.

PERRETTE.

A la porte, mon cher ami!
Voyez un peu la médisance!
A la porte!

LUCAS.

Eh bien! j'suis ravi;
J'vois ton bon cœur.

PERRETTE.

Ah! Dieu merci,
Aux propos j'impos'rons silence.

LUCAS, *à Colin & à Rose.*

Vous voilà mes enfans? tant mieux.

COLIN.

Bon jour, Monsieur Lucas ; vous voilà bien joyeux!

LUCAS.

Grace à la bonne humeur de ma chere Perrette.

ROSE.

Maman n'est pas moins satisfaite.

PERRETTE.

Je n'eus jamais tant de plaisir.

LUCAS.

Ah çà! le Bailli va venir.
C'est un gourmet ; & moi, pour couronner la fête,
Je prétends bien lui tenir tête.
Babet, va nous chercher de quoi nous rafraîchir,
Quelque chose à manger. Morgué, faisons bombance,
Vive la joie! allons.

BABET.

J'y cours en diligence.
(*Elle sort.*)

SCÈNE V.

ROSE, COLIN, LUCAS, PERRETTE.

LUCAS.

ARIETTE.

DÉJA je me ſens renaître.
La Gaieté va reparoître,
Pour nous donner d'heureux jours.
Ma maiſon, ſéjour tranquille,
Déſormais ſera l'aſyle
De la Paix & des Amours.
Ma Perrette,
Ma Roſette,
Cher Colin, mes chers enfans,
Chere femme,
Dans mon ame
Je ſens ranimer ma flamme.
Comme nous, à la tendreſſe
Livrez-vous tous deux ſans ceſſe.
C'en eſt fait; & pour long-tems
Nous voilà tretous contens.

COLIN, *à Roſe.*

Tu le vois, notre affaire eſt sûre.

ROSE.

Oui, Colin, pourvu que ça dure.

LUCAS, *à Colin & à Rose.*

Pour vous, mes chers enfans,... je connois votre ardeur.

COLIN.

Nous nous aimons avec constance.

LUCAS.

Et cet amour aura sa récompense ;
Je veux faire votre bonheur.

PERRETTE.

V'là donc qu'est décidé. (*Aux Amans.*) Pour votre mariage
Je vais tout disposer.

LUCAS.

Un moment, un moment.

PERRETTE.

Ordonner les apprêts...

LUCAS, *la retenant.*

Allons tout doucement ;
Ne faisons point tant d'étalage.

PERRETTE.

Oh ! je veux de l'éclat.

LUCAS.

Moi, je n'en voudrois pas.

PERRETTE.

Il en faut : & c'est-là le cas.

LUCAS, *cédant avec peine.*

Soit : mais c'est mal.

PERRETTE.

C'est bien, c'est bien ; laisse-moi faire.

COLIN, *à Perrette.*

Mais cela n'est pas nécessaire.

LUCAS.

Il faut encore que mon frere
Soit prévenu ...

PERRETTE, *avec aigreur.*

Ton frere ? ah ! ne m'en parle pas.

LUCAS.

Mon parent le plus proche !

PERRETTE.

Il est d'un caractère
Que je ne puis souffrir.

LUCAS.

Il te parle raison,
(*Entre ses dents.*)
Et ce n'est pas toujours le moyen de te plaire.

PERRETTE.

Suffit que, s'il revient encore à la maison,
J'en sortirai, moi.

LUCAS, *comme cédant malgré lui.*

Bon.

ROSE.

Mais ces difficultés nous retardent, ma mere.

PERRETTE.

PERRETTE.

Ce n'eſt rien. Votre hymen eſt toujours aſſuré.

LUCAS.

J'ai donné ma parole, & je vous la tiendrai.

ROSE.

Et quand!

LUCAS.

Quand?... dans un mois, au plus tard, je termine.

COLIN.

Dans un mois!....

PERRETTE.

Bon! c'eſt qu'il badine.

Allez, mes enfans, à demain.

LUCAS.

Ça n'ſe peut pas.

PERRETTE.

Pourquoi?

LUCAS.

Ça n'ſe peut pas, te dis-je;

Parce que.... tu ſens bien.... Enfin....

ROSE.

Dans un mois, juſte Ciel!

LUCAS.

La raiſon qui m'oblige.....

ROSE.

Mais le plutôt seroit le mieux.

LUCAS.

Paix, laissez-moi dire.... Je veux....

PERRETTE, l'interrompant.

Lucas, tu m'as promis que, pour aucune cause,
Tu ne te servirois de ce vilain mot-là.

LUCAS.

Mais le mot est fait pour la chose.
Si j'ai droit de vouloir....

PERRETTE.

Je ne conviens pas d'ça.

LUCAS.

Mais je suis Pere de famille ;
Il faut bien, tout au moins, pour marier ma fille,
Que je le veuille un peu.

PERRETTE.

Ma volonté suffit.

LUCAS.

Te voilà ! te voilà ! le moindre mot t'aigrit.

PERRETTE.

C'est que tu fais toujours le maître.

LUCAS.

Et je ne le suis pas peut-être ?

ROSE, *à sa mere.*

Calmez-vous.

COLIN, *à Lucas.*

Calmez-vous : faut-il donc pour un rien....

LUCAS, *à sa femme.*

Ecoute, je suis doux, complaisant & tranquile.
Un Enfant n'est pas plus docile ;
Mais, Perrette, par grace, tien,
Fais-moi le plaisir de te taire.

PERRETTE.

Me taire ! ah, le trait est plaisant !

COLIN.

Monsieur Lucas !.....

ROSE.

Chere Maman :...

LUCAS, *à Colin.*

Ça n'fait point d'tort à votre affaire.

PERRETTE.

Me taire ! je n'saurois digérer celui-là.
De tout tems j'ai parlé, je veux parler encore,
Et ce ne s'ra pas toi, pécore,
Qui jamais m'en empêchera.

LUCAS.

Eh bien ! parle, langue maudite ;
Parle, mais fais ma volonté.

ROSE.

Ah ! Colin, l'orage s'irrite :
Adieu notre félicité.

QUATUOR.

LUCAS.	COLIN.	ROSE.	PERRETTE.
Cede-moi, je t'en ſupplie.			Moi céder! non, de ma vie.
C'eſt ton devoir, tu l'as promis.			Jamais, jamais : je m'en dédis.
	Monſieur Lucas, je vous en prie.	Maman, maman, je vous en prie.	
Mais je t'en prie ; Je t'en ſupplie.			Non, de la vie. Non, de la vie.
C'eſt ton devoir, tu l'as promis.	Plus que jamais ils ſont aigris.	Pour nous l'eſpoir n'eſt plus permis.	Jamais, jamais : je m'en dédis.
J'ſuis ton mari.			Moi j'ſuis 'ta femme.
C'eſt pour cela.	Ce titre-là	Ce titre-là	C'eſt pour cela.
Si tu ne veux changer de gamme,	Ne doit-il pas toucher votre ame?	Ne doit-il pas toucher votre ame?	Si tu ne veux changer de gamme,
L'un de nous deux en pâtira.			Nous verrons qui l'emportera.
Par la douceur j' veux bien m'y prendre.			De la douceur! vous êt'témoins.
Vous le voyez, vous êt'témoins.			Y a-t-il moyen de s'faire entendre?
Mais, palſangué! ſi j'perds mes ſoins. Elle l'ſait bien, je n'ſuis pas tendre.			
Ma chere amie....			Ah le ſournois!
Je t'en ſupplie, cede une fois.			Va, va, je ris de tes menaces, Quoi que tu diſ' ou que tu faſſes.
Tais-toi, tais-toi.	Ah! quel tapage! Je perds courage.	Ah! quel tapage! Je perds courage.	
Cede, crois-moi.			J'te mets au pis, malgré tout ça.
Je ſuis le maître, on le verra.	Ah! notre amour en ſouffrira.	Ah! notre amour en ſouffrira.	Ç'qu'eſt dans ma tête y reſtera. On verra qui l'emportera.

LUCAS.

Vas-tu faire comm' l'autre jour ?
Vas-tu recommencer la ſcène ?
Tu ſais que j'n'ai pas le bras gourd,
Quand je veux m'en donner la peine.
Si tu l'as oublié.....

PERRETTE.

Tais-toi.
On ſait bien que mon ſort ne ſauroit être pire ;
Mais je m'en moque, & c'eſt à moi,
De régler tout à mon gré, de preſcrire....
Roſe eſt ma fille.

LUCAS.

C'eſt-à-dire
Qu'elle n'eſt pas la mienne ?

PERRETTE.

C'eſt-à-dire....
Point d'explication.... Approche, ici Colin ;
Prends la main de ma fille, & ſois sûr que demain...

COLIN.

Très-volontiers.... chere Roſette :
Oui, vous avez toujours raiſon, Dame Perrette.

LUCAS.

Fort bien, & moi j'ai toujours tort !
A la bonne heure. Mais je ne veux pas d'un gendre
Qui de ma femme en tout devienne le ſupport.

Quand ils ſeroient ainſi d'accord,
Je ne pourrois plus me défendre.

(*A Colin.*)

V'là ma fill'.... r'gard'-la bien, & fais-lui tes adieux.
Décampe.

PERRETTE.

Reſte.

LUCAS.

Sors.

PERRETTE.

Demeure, je le veux.

LUCAS.

Sors à l'inſtant, ou je t'aſſomme.

COLIN.

Tout beau, tout beau, Monſieur Lucas.
Je vous dois du reſpect, mais n'vous y jouez pas.
Vous n'auriez pas trouvé vôtre homme.

ROSE.

Colin, que dites-vous?

PERRETTE.

Il fait bien ... Le méchant!

ROSE, *à Colin.*

Voulez-vous augmenter ma peine?

PERRETTE.

Ah ſi j'pouvois rompre ma chaîne!

LUCAS.

Si j'te voyois crever, que je ſerois content

SCÈNE VI.

LES MÊMES, BABET, LE BAILLI.

BABET, *portant une bouteille, des verres & une assiette.*

V'LA Monsieur le Bailli, mon oncle; & j'vous apporte
Ç'que vous m'avez d'mandé.

PERRETTE, *à Babet, avec colere.*

Qu'est qu'tu viens faire ici?

BABET.

C'est mon oncle.....

PERRETTE, *renversant tout ce que tient Babet.*

Voilà le cas que j'fais de lui,
Et de ç'qu'il c'mande.

LE BAILLI, *étonné.*

Oh, oh! que veut dire ceci?

BABET.

Quel nouvel accès la transporte?

PERRETTE.

(*Dès qu'elle apperçoit le Bailli, elle compose sa figure, & feint de pleurer.*

ARIETTE.

Est-il femme plus à plaindre,
Plus malheureuse que moi?
D'un mari subir la loi,
Avec qui j'ai tout à craindre!
Est-il femme plus à plaindre,
Plus malheureuse que moi?

(*Vivement.*)

C'en eſt trop,
Vieux Magot.
Tu ſauras,
Tu verras
Qu'une femme qu'on outrage
Eſt terrible dans ſa rage.
T'as beau faire,
Ta colere. . . .
Je m'en moque, je la brave.
En eſclave
Tu prétends me traiter,
M'excéder!
Moi, céder!

(*Elle recommence ſes pleurs.*)

Eſt-il femme plus à plaindre,
Plus malheureuſe que moi? &c.

(*Plus vif.*)

Mais je ſaurai me venger.
Oui, pour te faire enrager,
Je vais faire un beau vacarme,
Répandre par-tout l'allarme.
Comme un Diable, ſur tes pas,
Nuit & jour, tu me verras;
Tant qu'il ſoit bien décidé,
Qu'on fera ma volonté.

(*Elle ſort.*)

BABET, ROSE & COLIN *s'en vont avec elle.*

SCÈNE VII.

LE BAILLI, LUCAS.

LUCAS.

EH bien! Monsieur l'Bailli, vous en êtes témoin.
Trouve-t-on comme ça deux femmes dans le monde?

LE BAILLI.

Sur la paix des Epoux si le bonheur se fonde,
Mon ami, vous en êtes loin.

LUCAS.

Mais quel remede à ça? Que faire?

LE BAILLI.

(*Il fouille dans ses poches à plusieurs reprises.*)
A dire vrai, je n'en vois guere.

LUCAS.

Qu'cherchez-vous donc avec tant d'soin?

LE BAILLI, *cherchant toujours.*

C'est qu'en passant par la prairie,
J'ai vu là nombre d'Egrillards
Qui n'ont pas la main engourdie;
Et je cherche si ces gaillards

N'auroient pas eu la courtoisie
De me débarrasser d'une bourse garnie
De quarante louis comptant....

LUCAS.

C'est-à-dire, à-peu-près, mille francs?

LE BAILLI.

Tout autant.

(*La tirant de sa poche.*)
La voici.

LUCAS.

La somme est jolie.
Ah! Monsieur le Bailli que vous êtes heureux!
Point de femme & toujours de l'argent dans la poche;
Toujours la paix, point d'anicroche;
Il n'tient qu'à vous d'être toujours joyeux.
Mais moi, moi Vigneron, hélas! moi pauvre here!
Destiné dès l'enfance à ne pouvoir choisir
Que le travail ou la misère;
Fatigué du présent, redoutant l'avenir,
Et n'ayant du passé qu'un triste souvenir;
Le chagrin, nuit & jour, s'empare de mon ame.
Qu'on ait la paix chez soi, tout du moins on renaît.
Mais, pour comble de maux, une femme, une femme!
Enfin vous voyez ce qu'en est.

LE BAILLI.

C'est fâcheux, j'en conviens.

LUCAS.

Vous qu'avez du génie,
Eclairciſſez-moi, je vous prie.
Quand on fait tant qu' de s'marier,
Si l'on a le malheur de trouver en ménage
Femme comme la mienne, intraitable & ſauvage,
N'y a donc plus d'autr' parti que de s'aller noyer ?

LE BAILLI.

Ce ſeroit le plus court. Ce n'eſt pas le plus ſage.
Il eſt d'autres moyens qu'on peut mettre en uſage.

LUCAS.

Et quels ſont-ils ? daignez me l'expliquer.

LE BAILLI.

La douceur....

LUCAS.

Bon ! ça n'fait qu'l'irriter davantage.

LE BAILLI.

Les coups.....

LUCAS.

Je n'l'y en laiſſ'pas manquer ;
Mais c'eſt de la peine perdue.

LE BAILLI.

Vous l'avez donc déjà battue ?

LUCAS.

Pargué ! je vous l'demande ; un caractere altier !

LE BAILLI.

En ce cas, mon ami, voici ce que je pense :
Quand on est partagé d'un aussi mauvais lot,
Il est de la prudence
De prendre patience,
Et de souffrir sans dire mot.

ARIETTE.

L'eau que l'on captive
En devient plus vive,
Et coule plus rapidement.
C'est un torrent. (*Bis.*)
C'est un débordement.

Le feu qu'on excite
Tout-à-coup s'irrite ;
La flamme va tout dévorant.
C'est un volcan. (*Bis.*)
C'est un embrasement.

Femme qu'on obstine
Ainsi se mutine ;
Pour l'amener à son but,
Il faut aller.... chut.... chut...,
Tout doux.... tout doux....
Ou bientôt son humeur quinteuse
Devient cent fois plus dangereuse,
Que l'onde & la flamme en courroux.

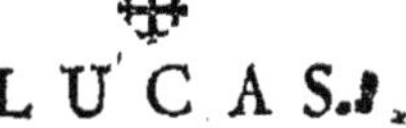

LUCAS.

(*A part.*)
Cela me conviendroit : il faut que je propose....

(*Haut.*)
Morgué ! j'pensons toujours à ç'rouleau de louïs.

LE BAILLI.

Si vous voulez tous deux écouter mes avis,
Tout ira bien ; mais parlons d'autre chose.
Depuis long-temps vous savez que Colin
Recherche votre fille. A lui je m'intéresse.
Pensez-vous tout de bon à les unir enfin ?

LUCAS.

Oh ! nous verrons ça ; rien ne presse.

LE BAILLI.

C'est un parti sortable de tout point ;
Quoique jeune, il est sage & d'un bon caractere.

LUCAS.

Cela se peut : mais j'n'en veux point.

LE BAILLI.

Avez-vous contre lui quelque reproche à faire ?

LUCAS.

Non : il est sage, honnête, aimable ; mais il a
Un défaut qui lui fait bien du tort dans mon ame.

LE BAILLI.

Vous m'étonnez, quel est ce défaut-là ?

LUCAS.

C'est qu'il est trop souvent du parti de ma femme.

LE BAILLI.

Mais Perrette est très-fort décidée ....

LUCAS.

Eh bien! moi,
Je me décide aussi. Je voi
Que c'est un parti nécessaire;
N'y a pas à balancer.

LE BAILLI.

Que prétendez-vous faire?

LUCAS.

M'en aller, mais si loin qu'on n'me r'verra jamais.
Vous avez là de l'argent frais.

LE BAILLI.

Mais vous n'y pensez pas.

LUCAS.

Pardonnez-moi, j'y pense.
Dans l'enfer où je suis je ne veux plus rester.
Quelque jour, voyez-vous! je perdrois patience,
Et ça finiroit mal. Il vaut mieux tout quitter.
J'ai, pour bien, ma maison passablement fournie;
Et des vignes; le vin que j'en retire est bon;
Vous en avez goûté nombre de fois. Or donc
De tout cela je fais deux parts....

LE BAILLI.

Quelle folie!

LUCAS.

J'laisse à Perrette la maison,
Les meubles dont elle est garnie ;
Et je vends à l'instant mes vignes, & je pars.

LE BAILLI.

(À part.)

Et vous partez ? plaisant caprice !

LUCAS.

Et je pars.

LE BAILLI, *réfléchissant.*

Oui.... mais oui.... malgré tous vos écarts,
Dans cet arrangement je vois de la justice.

LUCAS.

Ç'n'est pas l'tout. Faut m'aider.

LE BAILLI.

Moi ? pour vous séparer ?

LUCAS.

C'est nous rendre à tous deux service.

LE BAILLI.

Souffrez que la raison puisse vous éclairer.

LUCAS.

Qu'est qu'ça vous fait ? quel scrupule est le vôtre ?
Mes vignes sont à vendre, & vous êtes en fonds.
Ach'tez-les sans tant de raisons ?
Autant que ce soit vous qu'un autre.

LE BAILLI.

(A part.)

Feignons d'y consentir. Cela me servira
En tems & lieu.

LUCAS.

Que marmotez-vous-là ?

LE BAILLI.

(Haut.)

Voyons ; avant de rien conclurre,
A quel prix portez-vous vos vignes ?

LUCAS.

J'vous assûre
Que j'vous lâch'rai la main, parç'que vous l'méritez,
Vous avez toujours eu pour nous tant de bontés !...

LE BAILLI.

Encor ?

LUCAS.

Vos mille francs.

LE BAILLI.

Oh, oh !

LUCAS.

En conscience.
Ell' valent mieux.

LE BAILLI.

Bon ! bon !

LUCAS.

Quand j'vous le di ;
Profitez de la circonstance.

LE BAILLI.

LE BAILLI.

Allons..... Vous êtes mon ami ;
J'y consens. Pour vous satisfaire,
Voilà la somme.

LUCAS.

Grand merci.

LE BAILLI.

Maintenant il s'agit d'aller chez le Notaire,
Pour dresser l'acte nécessaire ;
Et j'y vais de ce pas.

LUCAS.

Allez toujours devant,
Monsieur l'Bailli ; j'vous r'joins dans le moment.

(*Le Bailli sort.*)

SCÈNE VIII.

LUCAS, *seul.*

ARIETTE.

DANS un calme heureux,
Au gré de mes vœux,
(*Montrant la bourse.*)
Voilà de quoi passer ma vie.
Loin de ma Furie,
Avec cet argent,
Joyeux & content,
Ah, que mon sort sera charmant!

Plus de souci, plus d'humeur noire;
Tout à loisir
Je pourrai boire,
Rire, chanter à mon plaisir,
Sans craindre qu'à la maison,
Une diablesse, une Mégère,
Me fasse une éternelle guerre;
Chemin faisant quelque tendron....
Non, sur mon ame;
Non, tout est dit.
Pour l'aimer ce sexe maudit,
Il ressemble trop à ma femme.

Dans un calme heureux, &c.

Songeons à cacher cette bourſe
Quelque part loin de tous les yeux ;
Et, muni de cette reſſource,
Demain, ſans dire mot, j'm'abſente de ces lieux.

SCÈNE IX.

LUCAS, ROSE, BABET.

ROSE, *accourant.*

MON pere ! . . .

BABET, *accourant.*

Mon oncle ! . . .

LUCAS.

Eh bien, qu'eſt-ce ?

ROSE.

C'eſt ma mere.

BABET.

Ma tante... Ah, craignez ſon courroux.

LUCAS.

Je la mets au pis la diableſſe.

BABET.

Si vous ſaviez ce qu'elle dit de vous !

LUCAS.

Je lui permets.

BABET.

Ell'court tout le Village.

LUCAS.

Ell'n'eſt donc pas à la maiſon ?

ROSE.

Non.

LUCAS, *à part.*

Tant mieux.

BABET.

Ell'fait un tapage !...

LUCAS.

J'y vais moi, j'y vais.... (*A part.*) Pour raiſon,
Profitons du moment.

ROSE.

Pour calmer ſa colere,
Je lui dis bonnement : mais, maman, c'eſt mon pere ;
Ton pere, v'là pour lui ; tiens, porte lui cela.

LUCAS.

Un ſoufflet !

BABET.

Le meilleur qu'elle ait eu de ſa vie.

ROSE.

Comme ſi pour avoir proféré ce mot-là,
J'avois dit quelque menterie.

LUCAS.

La coquine ! Ell'me le paiera.
Oui, je vais... Oh! je vais... (*A part.*) chez moi ſerrer cela.
Et puis, bon ſoir la compagnie.
(*Il ſort.*)

SCÈNE X.

ROSE, BABET.

ROSE.

EH bien, chere cousine?

BABET.

Eh bien! je vous entends;
Vous craignez que ce contre-tems
Ne nuise à votre mariage.

ROSE.

Ah! je crains bien plutôt de le voir s'accomplir,
Et le moment où l'on s'engage
Me fait trembler, quand j'ose y réfléchir.
Deux Amants sont épris de la plus vive flamme;
Les mêmes sentimens reglent leur volonté,
Tous deux n'ont qu'un cœur & qu'une ame,
Et cet accord charmant fait leur félicité.....
Arrive enfin l'instant qui flatte leur tendresse.
Tous deux font le serment de se chérir sans cesse;
On croit que le bonheur suivra des nœuds si doux.
Vain espoir qui trahit l'Amant & la Maitresse!
Jour terrible & fatal & pour eux & pour nous!
Est-ce leur faute, est-ce la nôtre?
En vain de leur destin tous les cœurs sont jaloux:

Le moment qui les rend Epoux,
Les rend ennemis l'un de l'autre.

BABET.

Ça n'eſt pas toujours vrai, demandez à Colin.

ROSE.

Et que me dira-t-il? Ce qu'on dit, quand on aime;
Ce que pour lui je dis de même;
Mais un jour tout cela peut changer... car enfin...

BABET.

Quand on raiſonne tant, c'eſt que l'on n'aime guere.

ROSE.

Je ne l'aime que trop, je le nierois en vain,
Et c'eſt ce qui me déſeſpere.

ARIETTE.

On fait mal de ſuivre l'Amour.
Par l'éclat d'un faux jour,
Il ne fait qu'amuſer notre ame.
C'eſt pour nous égarer qu'il fait briller ſa flamme.
On fait mal de ſuivre l'amour.

BABET.

Couſine, c'eſt penſer, c'eſt parler à merveille;
Mais ſois de bonne foi: tu n'en crois pas un mot.
C'eſt le dépit qui te conſeille;
Mais il ſe paſſera bientôt.

ARIETTE.

Au cœur d'une jeune fillette,
Certaine voix toujours répète:
« Aimez, aimez, rien n'eſt ſi doux ».

La Raiſon ſévère
Lui dit au contraire :
« Prenez garde à vous,
» Voyez les époux ;
» Ils maudiſſent tous
» L'inſtant où ſe forma leur chaîne.
» Craignez, craignez la même peine».
Diſcours perdu :
Le cœur prévenu
N'ouvre l'oreille
Qu'à l'Amour qui le conſeille.
Moi-même je ſens cela.
Oui, j'entends là,
Là, là ;
J'entends cette voix ſecrette,
Qui ſans ceſſe me répète :
« Aimez, aimez, rien n'eſt ſi doux ».

SCÈNE XI.

ROSE, BABET, COLIN.

COLIN, *accourant.*

ROSE, Babet, vous ne le croirez pas ;
Je viens de la maiſon, j'y cherchois votre pere.
Par mes ſoumiſſions je me flattois, hélas !
De le rendre à mes vœux, s'il ſe peut, moins contraire.

ROSE.

Eh bien ?

BABET.

Eh bien !

COLIN.

Je n'ai trouvé que votre mere
Qui cassoit, brisoit, mettoit tous
Les meubles sens-dessus-dessous ;
Je ne la connois plus, tant elle est en colere.
Ah, Rosette ! qu'allons-nous faire ?

BABET.

Elle a déja pris son parti ;
Et, si vous avez du courage,
Comme elle, vous pouvez faire tête à l'orage ;
Point d'amour, point d'hymen, & tout sera fini.

COLIN, *à Rose.*

Que dit-elle ?

ROSE.

Oui, cedons au sort qui nous accable ;
Nous nous aimons, Colin, & c'est tout mon plaisir ;
Mais l'hymen à mes yeux paroît trop redoutable.
Si nous allions tous deux quelque jour nous haïr !...

COLIN.

Moi te haïr jamais ! ... Ah ! m'en crois-tu capable ?

DUO.

Rose. { Tout ce que je vois m'épouvante ;
Tout sert, hélas ! à m'allarmer.

Colin. { Mon ame fidelle & conſtante
Mettra ſon bonheur à t'aimer.

Roſe. Avec le tems cette ardeur peut s'éteindre.

Colin. Non, non, jamais; non, tu n'as rien à craindre.

Roſe. { Je ceſſerai de regner ſur ton cœur.
Ah ! ta Roſette en mourra de douleur.

Colin. { Peux-tu ceſſer de regner ſur mon cœur ?
Sans ma Roſette, il n'eſt point de bonheur.

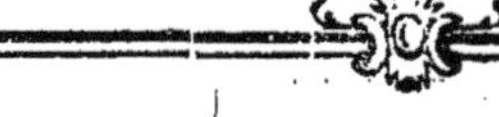

SCÈNE XII.

LES MÊMES, LE BAILLI.

COLIN, *au Bailli.*

AH ! Monſieur le Bailli ! je n'ai d'eſpoir qu'en vous;
Venez donc raſſurer Roſette :
Elle s'afflige, s'inquiète :
J'ai beau lui dire que pour nous
Vous avez toujours même zèle.....

LE BAILLI.

Oui, mes enfans, oui, je vous l'ai promis.
A mes engagemens vous me verrez fidèle.
Aimez-vous bien toujours, & n'ayez nuls ſoucis.
Je veux même..... (La choſe eſt un peu difficile :)
De Perrette & Lucas rapprocher les eſprits.

COLIN.

Quoi! vous seriez assez habile?....

LE BAILLI.

J'espere y parvenir; les moyens que je prends
Sont peut-être un peu violens;
Mais l'effet en est sûr.

BABET.

Ah! j'apperçois ma tante.

LE BAILLI.

Eloignez-vous.

BABET.

Elle a l'air bien contente.

LE BAILLI.

(A Rose.)

Partez. Et vous, dissipez vos chagrins.
Allez : vos intérêts sont en de bonnes mains.
(Ils sortent, & le Bailli reste seul.)
En effet, Madame Perrette
Paroît assez tranquile, & compte de l'argent.

SCÈNE XIII.

LE BAILLI, PERRETTE.

PERRETTE, *sans voir le Bailli.*

Ah ! . . . . . j'ai donc trouvé la cachette.
Il n'm'en avoit rien dit le traitre ! mais comment
A-t-il amassé cette somme ?

LE BAILLI.

Courage, allons de la gaieté.

PERRETTE.

Ah ! Monsieur le Bailli, je n'en ai plus ; quel homme !
Vous l'avez vu tantôt ; à quelle extrémité
Il me réduit !

LE BAILLI.

J'ai vu votre vivacité.

PERRETTE.

N'étoit-elle pas bien fondée ?
Un brutal ! un méchant ! . . . . Il faut nous séparer.
C'en est fait, avec lui je n'peux plus demeurer.

LE BAILLI.

C'est la premiere fois que, sur la même idée,
Je vous trouve d'accord. Car lui, de son côté,
Déclare qu'avec vous il ne sauroit plus vivre.

PERRETTE.

Tant mieux. J'ai dans la tête un plan tout concerté,
Je suis maitresse de le suivre.

LE BAILLI.

Et quel est-il ?

PERRETTE.

Ah ! çà, vous m'allez sermoner :
Mais j'n'en rabatt'rai rien. Il faut que je m'délivre
Un' bonn'fois des tourmens qu'il n'cesse de m'donner.
Vous savez le moyens qu'il faut mettre en usage.
Vous m'aiderez là-d'dans: t'nez, c'est que j'voudrois bien,
Sous votre bon plaisir, casser notr'mariage.

LE BAILLI.

Le casser..... tout-à-fait ?

PERRETTE.

Sans qu'il en reste rien.

ARIETTE.

Un prisonnier dans un cachot,
Qui ne voit jamais la lumiere,
Qui n'a d'autre lit que la terre,
N'aspire qu'à sortir bientôt.
Avec la même ardeur je brûle
De voir briser mes tristes nœuds :
Sans délai, comme sans scrupule,
Aidez-moi, secondez mes vœux.
C'en est fait, j'y suis résolue.
Ma liberté, ma liberté !
Ah, si tu peux m'être rendue,
Quel plaisir, quelle volupté !

LE BAILLI.

Mais vous n'y pensez pas : songez
En quel procès vous vous plongez ;
Avez-vous des raisons ?

PERRETTE.

Si j'en ai ! plus de mille ;
D'abord, quand j'l'ai pris pour mari,
C'est que j'avois d'l'amour pour lui.

LE BAILLI.

Il faut l'aimer encor.

PERRETTE.

Ça m'est trop difficile,
Impossible ; & puis lui, je sais qu'il n'm'aime plus.

LE BAILLI.

Il faut vous rendre plus aimable.

PERRETTE.

J'y f'rois des efforts superflus ;
Et puis... voilà le point le plus considérable :
En l'épousant, j'ai mis dans le traité
Que je serois heureuse.

LE BAILLI.

Il tient à vous de l'être.

PERRETTE.

Non ; car il veut être le maître ;
Et mon bonheur, à moi, c'est d'fair'ma volonté.

LE BAILLI.

Eh ! mais la raison l'autorise....

PERRETTE.

Moi ! qu'à ſes loix je ſois ſoumiſe !

LE BAILLI.

ARIETTE.

Avant le mariage,
Guidé par l'amour & l'eſpoir,
L'amant ſoumis chérit ſon eſclavage ;
Il obéit, c'eſt ſon devoir.
Du jour de l'hymenée,
Il rentre dans ſes droits.
A ſon tour, il donne des loix.
A lui céder en tout la femme eſt deſtinée.
Les deux époux ainſi font un échange, un troc.
Je voudrois remplir votre attente ;
Mais il eſt une loi conſtante
Qui défend que la poule chante
Plus haut que le coq.

PERRETTE.

Je n'entends rien à ces myſteres :
Ils ſont trop hauts pour moi, trop relevés ;
Mais on dit que dans les affaires
L'argent fait tout.

LE BAILLI.

Vous en avez ? . . .

PERRETTE.

Pour obtenir ce que j'deſire,
Cent piſtoles ne m'tiendront pas :
Voyez ſi cela peut ſuffire.
Les voilà.

LE BAILLI, *à part.*

C'est le prix des vignes de Lucas :
Je reconnois la bourse.

PERRETTE.

Eh bien ?

LE BAILLI.

Ceci commence
A fournir de bonnes raisons.
(*Gravement.*)
Pour motiver une Sentence,
Il faut verbaliser. Voyons,
Exposez vos griefs. Vous a-t-il en colere
Dit des mots mal sonnans ?

PERRETTE.

Qu'est-ce-à dire ?

LE BAILLI.

Des mots
Injurieux, choquans ?

PERRETTE.

Sans doute ; à tout propos.

LE BAILLI.

Fort bien. Vous auroit-il d'une main téméraire]
Frappée un tant soit peu.

PERRETTE.

Un tant soit peu ? Beaucoup.
Vraiment j'en porte encor les marques.

LE BAILLI.

Où?

PERRETTE.

Par-tout.

LE BAILLI.

Excellente, excellente affaire !

PERRETTE.

Vous voyez donc....

LE BAILLI.

Je vois que rien n'eſt plus heureux ;
Vous n'aurez bientôt rien de commun tous les deux.

PERRETTE.

Point de quartier.

LE BAILLI.

Laiſſez-moi faire.

PERRETTE.

Avant huit jours...

LE BAILLI.

Oh! le tems n'y fait rien.
Il ſuffit, je m'en mêle : allez, tout ira bien.

(*Elle ſort.*)

(*La regardant ſortir.*)
La charmante union! la belle ſympathie!
C'eſt un ſpectacle, dans la vie,
Bien doux & bien ſatisfaiſant,
Que de voir deux Epoux s'aimer ſi tendrement!
Mais moi, dans mon marché, j'ai des vignes de reſte;
Mon argent me revient.

SCÈNE XIV.

SCÈNE XIV.

LE BAILLI, LUCAS.

LUCAS, *furieux.*

O Femme ! ô jour funeste !

LE BAILLI.

Ah, ah ! c'est vous, maître Lucas ?

LUCAS; *courant.*

Rangez-vous, rangez-vous ; je ne vous r'connois pas :
Je n'me reconnois pas moi-même.

LE BAILLI.

Calmez-vous, revenez de ce désordre extrême.

LUCAS.

Pardi ! ça vous est bien aisé.
Vous possédez mon bien, vous l'avez. Misérable !
Que vais-je devenir ?

LE BAILLI.

Sur le prix proposé,
Je l'ai payé comptant.

LUCAS.

Il est vrai ; mais le Diable,

Le Diable s'en est emparé.
Ma femme a pris l'argent; je suis désespéré.

LE BAILLI.

Tenez, maître Lucas, je suis franc & sincere,
Je vous le dis tout net; vous méritez cela.

LUCAS.

Je le mérite?

LE BAILLI.

Eh! mais oui dà:
Vous avez dans l'humeur & dans le caractere....

LUCAS.

Quoi! ma femme me volera,
Et, pour me consoler, encore on me dira
Que je le mérite!

LE BAILLI.

Sans doute:
Votre ménage est en déroute.

LUCAS.

A qui s'en prendre?

LE BAILLI.

A vous.

LUCAS.

A moi?

LE BAILLI.

De vos emportemens justement courroucée,

Perrette à moi s'eſt adreſſée ;
Elle aura contre vous le ſecours de la loi.

LUCAS.

Eh bien ! que la loi me puniſſe,
Pourvu que je l'aſſomme.

LE BAILLI.

Oh ! doucement, l'ami.

LUCAS, *ſe dépitant.*

Elle vous a gagné ; vous v'là de ſon parti.

LE BAILLI.

Je prends celui de la juſtice.

LUCAS.

Il vaut mieux m'en aller. Je r'viens à mon projet,
Et, ſi vous le voulez, ça ſera bientôt fait :
Achetez ma maiſon.

LE BAILLI.

Quoi ! vous voulez la vendre ?

LUCAS.

Je ne le voulois pas, vous le ſavez très-bien ;
Je voulois lui laiſſer cett' moitié de mon bien.
Car j'ai le cœur trop bon, trop tendre....
Mais elle a fait ſa part, j'prends la mienne à mon tour.
Je veux, en quittant ce ſéjour,
N'y rien laiſſer que je regrette ;
Voyez... c'eſt une affaire faite :

Deux mots ajoutés au contrat,
Et mille francs au bout, termineront l'achat.

LE BAILLI.

(*A part.*)

Pauvres gens ! leur folie augmente ;
Mais il faut s'y prêter, pour les en corriger.

(*Haut.*)

Je le veux bien.

LUCAS.

C'est m'obliger.

LE BAILLI.

D'ailleurs, vous en avez une raison pressante :
Si votre femme vient à bout
D'obtenir un divorce ...

LUCAS.

Hein ? Quoi ?

LE BAILLI.

Si votre femme
Se fait démarier, comme elle s'y résout.

LUCAS.

Et vous approuvez ça ?

LE BAILLI.

Non certes, je la blâme ;
Mais vous vous détestez si cordialement,

Qu'il en peut arriver un jour quelqu'accident.
En vérité, je crois bien faire
De lui prêter mon ministere.
Elle a rendu sa plainte, & fourni des moyens
Pour être séparée & de corps & de biens.

LUCAS, *désespéré.*

A merveille!... à merveille!... Ah, maudite vipere!
(*Se modérant.*)
C'est donc à dire, par ainsi,
Qu'ell'pourra prendre un autr'mari?

LE BAILLI.

Qui sçait, dans son dépit, ce qu'elle pourra faire?

LUCAS.

(*D'une colere froide.*)
Ell'fera bien. N'parlons plus d'ça.
Vous ach'tez ma maison?

LE BAILLI.

Volontiers, touchez-là.

LUCAS.

C'est marché fait.

LE BAILLI.

Adieu, prenez courage.
Lorsque vous n'aurez plus ni vignes, ni maison,
Ni femme, alors la paix sera votre partage;
Vous serez riche assez de ce précieux don.

LUCAS.

C'est fort bien dit.

LE BAILLI.

Adieu, Lucas; & bon voyage.

(*Il sort.*)

SCÈNE XV.

LUCAS, BABET.

BABET, *accourant.*

AH, mon oncle, mon oncle! est-il vrai ce qu'on dit?

LUCAS, *pensif, & sans prendre garde à Babet.*

Peut-on plus loin porter l'audace?

BABET.

Je ne sais ce que c'est; mais tout le monde en rit.

LUCAS, *toujours à part.*

S'démarier d'avec moi! Ce dernier trait me passe.

BABET, *le tirant par l'habit.*

Mon oncle, mon oncle!....

LUCAS, *brusquement.*

Eh bien, quoi?

BABET.

Vous ne me voyez pas ?

LUCAS, *brusquement.*

J'te voi.

BABET.

On dit comme ça que ma tante
N'est plus vot'femme.

LUCAS, *à part.*

Il faut qu'on nous ait j'té quelqu'sort.

BABET.

Qu'elle est veuve.

LUCAS, *vivement.*

Elle est veuve ! Est-ce que je suis mort ?

BABET.

Non : mais vous nous quittez. Ça fait qu'elle est vacante.
Déjà plus d'un galant s'présente,
Et s'offre à lui donner la main.

LUCAS, *brusquement.*

Est-ce-là tout ? pass'ton chemin.
J'ai dans la tête quelque chose.

BABET.

On dit aussi que ma cousine Rose
Va s'en-aller avec Colin.

LUCAS.

Je n'le souffrirai pas.

BABET.

Bon! Ça s'fait en cachette.
On ne vous le dira qu'après la noce faite.

LUCAS, *en colere.*

Oh! nous verrons cela.

BABET.

Mon oncle?

LUCAS.

Qu'est-ce encor?

BABET.

Si tout le monde prend l'essor,
Quand ma cousine s'ra partie,
Je resterai donc seule?

LUCAS.

Eh! reste, si tu veux.

BABET.

Emmenez-moi, j'vous tiendrai compagnie.

LUCAS.

Ça n'se peut.

BABET.

J'vous en prie.

LUCAS.

Eh bien! moi je t'en prie
Va-t'en.

BABET.

Si vous êt'si fâcheux,
Restez dans votre humeur sauvage.
Quand je voudrai quitter l'Village,
Je n'manquerai pas d'amoureux,
Qui feront avec moi volontiers le voyage.

SCÈNE XVI.

LUCAS, *seul.*

ARIETTE.

De tous côtés le sort me persécute.
Ah, je succombe à mon malheur!
A tous les maux je suis en bute,
Et rien ne peut soulager ma douleur.
C'est ma femme.... C'est ce Diable
Qui me rend si misérable.
Pour la fuir, où n'irois-je pas?
Pauvre Lucas!....
Mais ma fille qui m'est chère....
Par la faute de sa mere,
Faut-il donc m'en séparer?...
Elle-même prend la fuite;
Pour Colin elle me quitte:
Nouveau chagrin à dévorer.
Ma nièce..... Ah nièce, mère & fille!
Malheureuse famille!....

De tous côtés le sort me persécute.
Ah, je succombe à mon malheur !
A tous les maux je suis en bute,
Et rien ne peut soulager ma douleur.

Faut être juste ; allons ; y a d'ma faute aussi.
Comme dit Monsieur le Bailli,
Faut y mettre du sien chacun, ou le ménage
Est à vau l'eau... Sans tarder davantage....
Si je r'viens le premier, je serai mal reçu ;
Ell' verra que je la regrette....
Elle en s'ra plus revêche... Ah, Perrette, Perrette !
Si tu voulois encor, rien ne seroit perdu.
N'est ce pas ell'qui vient ? elle est triste & pensive ;
La bile, à ç'qu'il m'paroît, n'est plus en mouvement ;
Cachons-nous ; que sçait-on ? si j'trouve un bon moment,
Je ferons quelque tentative.
(*Il se cache derriere un arbre.*)

SCÈNE XVII.

LUCAS, *caché*; PERRETTE.

PERRETTE, *se croyant seule.*

Qu'est-ce à dire? On commence à me montrer au doigt;
On dit qu'si mon mari me quitte,
Ça f'ra gloser sur ma conduite,
Que j'n'aurai plus d'honneur, & qu'on s'moqu'ra de moi.

LUCAS, *à part.*

L'orage est appaisé, je croi.

PERRETTE.

Et qui prendra soin de ma Fille?
Comment pourrai-je l'établir?
La honte de notre famille
Sur notre enfant va rejaillir.

LUCAS, *à part.*

Voudroit-elle se repentir?

PERRETTE.

Quand j'pense à ces momens les plus doux de ma vie....
Quand j'l'épousai ç'pauvre Lucas,
Nous n'avions pas d'maille à partie...
Pourquoi ça ne dure-t-il pas?

LUCAS, *à part.*

Ell'parl'de moi ; ça me touche ... hélas !

DUO.

PERRETTE.

Unis tous deux par la tendresse,
Nous n'avions qu'une volonté.

LUCAS, *à part.*

C'est bien la vérité.

PERRETTE.

Toujours caresse sur caresse ;
L'amour faisoit notre félicité.

LUCAS, *à part.*

C'est bien la vérité.

PERRETTE.

Aux premiers traits de sa colère,
Si j'eusse opposé la douceur,
Une bourasque passagere
N'eût point troublé notre bonheur.

LUCAS, *à part.*

Oui. . . . la douceur
Gagne le cœur.

PERRETTE.

Son ton est dur, son ame est bonne.
Un rien l'auroit calmé d'abord. . . .
Mais il me quitte, il m'abandonne
Quel sera donc mon réconfort ?

LUCAS, *à part.*

Et moi donc quel ſera mon ſort ?

PERRETTE.

Faut qu'un mari s'montre le maître ;
Sans quoi, l'on dit du mal de lui.
Lucas ! . . . Lucas ! . . . Où peut-il être ?
Reviens, reviens, tout ſ'ra fini.

LUCAS.

Ah, que mon cœur eſt attendri !
Je n'y tiens plus. V'là qu'eſt fini.

PERRETTE.

J'te d'mande pardon.

LUCAS, *ſe montrant tout-à-coup.*

Je te le donne.

PERRETTE.

Te voilà donc ?

LUCAS.

Te voilà donc ?

PERRETTE.

J'te d'mande pardon.

LUCAS.

Je te le donne.

Et je te le d'mande à mon tour.

Perrette. Mon cher mari. } je te pardonne.
Lucas. Chere moitié ! }
Enſemble Et je te rends tout mon amour.

PERRETTE.

Tout le passé. . . .

LUCAS.

Va, je l'oublie.

PERRETTE.

Tu préviens, tu préviens mes vœux.

LUCAS.

Tu remplis mes vœux.

ENSEMBLE.

Que la paix regne entre nous deux.
Et de la chaîne qui nous lie
Resserrons, resserrons les nœuds.

LUCAS.

Nous v'là raccommodés.

PERRETTE.

Pour toujours.

LUCAS.

Je l'espere.
C'est fort bien. Mais qu'allons-nous faire?

PERRETTE

Ce que nous faisons d'ordinaire,
Soigner nos vignes.

LUCAS.

J'n'en ai plus.

PERRETTE.

Nos ſept quartiers ?

LUCAS.

Ils ſont vendus.

PERRETTE.

Je n'ſais pas ça.

LUCAS.

Je n'pouvois pas te l'dire.
C'eſt dans le tems.....

PERRETTE.

J'entends... à qui ?

LUCAS.

Hélas ! à Monſieur le Bailli.

PERRETTE.

En ç'cas, tu n'peux plus t'en dédire.
Eh bien ! j'les f'rons valoir pour lui.

LUCAS.

Ç'n'eſt pas l'tout : faut ſ'loger.

PERRETTE.

Pardi !
Notre maiſon n'a pas changé de place.

LUCAS.

Elle a changé de maître, & ç'eſt ç'qui m'embarraſſe.

PERRETTE.

Tu l'as auſſi vendue ? à qui ?

LUCAS.

Hélas ! à Monſieur le Bailli.
Mais la ſomme que tu m'as priſe...

PERRETTE.

Je ne l'ai plus, je l'ai remiſe
Pour une affaire.

LUCAS.

Eh bien ! tu l'as remiſe... à qui?

PERRETTE.

Hélas ! à Monſieur le Pailli.

LUCAS.

Ah ! le maudit Bailli ! comme de ma ſottiſe
Il a ſçu profiter !

SCÈNE XVIII & *derniere.*

LES MÊMES, LE BAILLI, ROSE, COLIN, BABET.

LE BAILLI.

OUI, je l'ai fait exprès ;
De vos égaremens quand vous paîriez les frais ;
Vous n'auriez encor rien à dire ;
Mais ce n'est pas mon but : j'ai voulu vous instruire
De la nécessité de conserver la paix.
Vous pouviez tous les deux vivre heureux & tranquiles ;
Et vous voilà sans bien, sans amis, sans asyles !
De vos divisions sentez-vous les effets ?

LUCAS, *pénétré.*

Eh bien ! Monsieur l'Bailli, ça n'arriv'ra jamais.
(*Vivement.*)
Viens m'embrasser, viens, ma Perrette ;
Je te jure en ce jour une amitié parfaite.
(*Au Bailli.*)
Je mourrai sans manquer au serment que je fais.

LE BAILLI.

Eh bien ! que de ce jour votre bonheur commence.

Vos vignes sont encore à vous, votre maison;
Je vous rends tout.

LUCAS, *avec sensibilité.*

Quoi! tout de bon?

LE BAILLI.

Je ne profite point d'un instant de démence.

PERRETTE.

Que ne devons-nous point à vos soins généreux?

LE BAILLI.

J'en exige une récompense.
(*Montrant Rose & Colin.*)
De ces jeunes Amans couronnez la constance:
Ainsi que vous; qu'ils soient heureux.

PERRETTE.

Je le veux bien.

LUCAS.

Je n'demande pas mieux.

PERRETTE.

(*A sa Fille & à Colin.*)
Mes chers enfans!

LUCAS, *à Colin.*

Avanç', Colin, avance.

COLIN.

Monsieur Lucas....

LUCAS.

Vas, vas, j't'aime de cette humeur,
Embrasse-moi.

COLIN.

De tout mon cœur.

LUCAS, *entre sa Fille & Colin, & leur tenant la main à tous deux.*

Mais souvenez-vous bien, ma fille, & toi, mon gendre,
Que, pour arriver au bonheur,
La concorde & la paix sont l'chemin qu'il faut prendre.

BABET, *à Rose.*

J'vous fais mon compliment, Cousine... en attendant.

LE BAILLI.

En attendant... hein, quoi?

BABET.

Que l'on m'en fasse autant.

CHŒUR FINAL.

TOUS.

Sous les plus doux auspices,
Ce jour heureux
Perrette & Lucas. Raffermit nos nœuds;
Rose & Colin. Voit former nos } nœuds.
Le Bailli & Babet. Voit former vos }

Rose, Colin, Lucas, Perrette, le Bailli & Babet.

Quels plaisirs, quelles délices!
Dans notre ardeur,
Nous trouvons le bonheur;
Vous trouvez le bonheur.

LE BAILLI *alternativement avec les autres.*

Mais ce bonheur ne dure guere,
Si la douceur ne l'entretient.
De l'hymen la chaîne est légere,
Quand c'est l'amour qui la soutient.
Sous les plus doux auspices, &c.

FIN.

APPROBATION.

J'ai lu par ordre de M. le Lieutenant-Général de Police, *Le Retour de Tendresse*, Comédie, & je n'y ai rien trouvé qui en empêche l'impression. A Paris, ce 24 Août 1774, MARIN.

De l'Imprimerie de CAILLEAU, rue Saint-Severin, vis-à-vis des murs de l'Église.

Amoroſo.
ROSE.
QU'EST de- ve- nu l'Amant que j'ai - me?
Colin, Colin, qui peut te re - te - - nir? Pour adoucir ma peine ex - trê - me, Hâ- - - te-toi donc de
FIN. MINEUR.
revenir, Hâte - toi donc de revenir.
Quand je languis d'im-pa - ti- en- ce, Qui peut
donc cauſer ſa froideur? Dieux! ſi c'étoit ſon inconſ-
tance! Dieux! ſi c'étoit ſon inconſtan-ce, N'eſt-ce pas aſ-
ſez de l'ab - ſen - - ce, Pour tourmenter mon tendre
cœur? Qu'eſt devenu, &c.

BABET.
Au cœur d'une jeune fil-
lette, Cer-tai- ne voix toujours ré- - pé- te: Aimez, ai- mez; rien n'eſt ſi doux, rien n'eſt ſi
doux: Aimez, aimez; rien n'eſt ſi doux: Aimez, aimez; rien n'eſt ſi doux: Aimez, aimez, rien n'eſt ſi doux.
La raiſon ſé- vè- re Lui dit au con- trai- re:
Prenez-garde à vous. Voyez les Epoux; Ils maudiſſent tous L'inſtant où ſe forma leur chaîne.

Craignez, craignez la même pei - ne, Craignez la
même pei - ne. Difcours perdu ; Le cœur
pré - ve - nu N'ouvre l'oreil- - le, n'ouvre l'o-
reille Qu'à l'a- mour qui le con- feil- le, Qu'à l'a-
mour qui le con- - feil- le. Moi-mê - me, moi-
même, je fens ce- là ; Oui, oui, j'entends là,
là, là ; J'entends cet- te voix fe-cret- te, Qui
fans ceffe me ré - pè- te : Ai- - mez, ai-mez ; rien

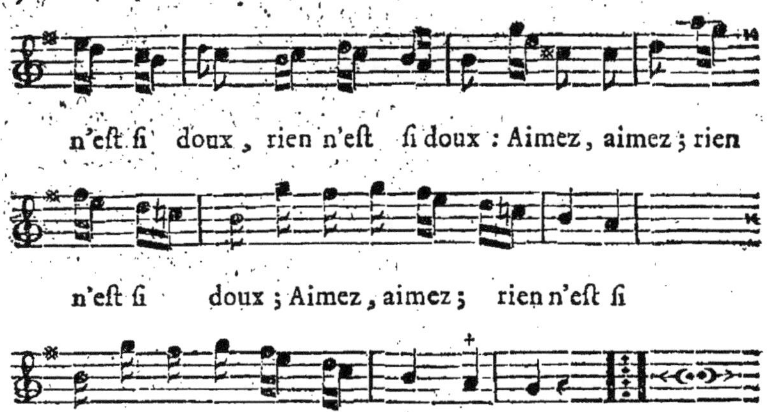
n'eſt ſi doux, rien n'eſt ſi doux : Aimez, aimez ; rien
n'eſt ſi doux ; Aimez, aimez ; rien n'eſt ſi
doux ; Aimez, aimez, rien n'eſt ſi doux.

www.ingramcontent.com/pod-product-compliance
Ingram Content Group UK Ltd.
Pitfield, Milton Keynes, MK11 3LW, UK
UKHW021312190726
13839UKWH00007B/1182